Actes symptomatiques et accidentels

Sigmund Freud

Actes symptomatiques et accidentels

Les actes (...) dans lesquels nous avons reconnu la réalisation d'une intention inconsciente, se présentaient comme des formes troublées d'autres actes intentionnels et se dissimulaient sous le masque de la maladresse. Les actes accidentels, dont il sera question dans ce chapitre, ne se distinguent des méprises que par le fait qu'ils ne recherchent pas l'appui d'une intention consciente et n'ont pas besoin d'un prétexte. Ils se produisent pour eux-mêmes et sont admis, car on ne leur soupçonne ni but ni intention.

On les accomplit, « sans penser à rien à leur propos », « d'une façon purement accidentelle », « comme si l'on voulait seulement occuper ses mains », et l'on considère que cette explication doit mettre fin à tout examen ultérieur quant à la signification de l'acte. Pour pouvoir bénéficier de cette situation exceptionnelle, les actes en question, qui n'invoquent pas l'excuse de la maladresse, doivent remplir certaines conditions déterminées : ils ne doivent pas être étranges et leurs effets doivent être insignifiants.

J'ai réuni un grand nombre de ces actes accidentels, accomplis par d'autres et par moi-même et, après avoir soumis chaque cas à un examen approfondi, j'ai cru pouvoir conclure que ces actes méritent plutôt le nom de *symptomatiques*. Ils expriment quelque chose que l'auteur de l'acte lui-même ne soupçonne pas et qu'il a généralement l'intention de garder pour lui, au lieu d'en faire part aux autres.

La moisson la plus abondante de ces actes accidentels ou symptomatiques nous est d'ailleurs fournie par les résultats du traitement psychanalytique des névroses. Je ne puis résister à la tentation de montrer, sur deux exemples provenant de cette source, jusqu'à quel degré et avec quelle finesse ces incidents peu apparents sont déterminés par des idées inconscientes. La limite qui sépare les actes symptomatiques des méprises est si peu tranchée que j'aurais pu tout aussi bien citer ces exemples dans le chapitre précédent.

Au cours d'une séance de psychanalyse, une jeune femme fait part de cette idée qui lui vient à l'esprit : la veille en se coupant les ongles, « elle a entamé la chair alors qu'elle était occupée à enlever la petite peau de la matrice de l'ongle ». Ce détail est si peu intéressant qu'on peut se demander pourquoi la malade s'en est souvenue et en a fait part ; on soupçonne en conséquence qu'il s'agit d'un acte symptomatique. C'est à l'annulaire qu'est arrivé ce petit malheur, l'annulaire auquel on porte l'alliance.

Le jour de l'accident était, en outre, le jour anniversaire de son mariage, ce qui confère à la petite blessure un sens tout à fait net et facile à découvrir. Elle raconte, en outre, un rêve se rapportant à la maladresse de son mari et à sa propre anesthésie sexuelle. Mais pourquoi s'est-elle blessée à l'annulaire gauche, alors que c'est sur l'annulaire droit qu'on porte l'alliance ? Son mari est avocat, « docteur en droit » et étant jeune fille elle avait une secrète inclination pour un médecin (« docteur en gauche », disait-elle, en plaisantant). Un mariage de la main gauche avait aussi sa signification déterminée.

b) Une jeune femme non mariée raconte : « Hier j'ai déchiré par hasard en deux un billet de banque de 100 florins et j'en ai donné une moitié à une dame qui était en visite chez moi. Aurais-je commis, moi aussi, un acte symptomatique ? » Une analyse un peu poussée révèle les détails suivants : Cette femme consacre une partie de son temps et de sa fortune à des œuvres de charité. En commun avec une autre dame, elle assure l'éducation d'un orphelin. Les 100 florins lui ont été envoyés précisément par cette autre dame. Ayant reçu le billet, elle l'a mis dans une enveloppe et déposé provisoirement sur son bureau.

La dame qu'elle avait en visite était une personne notable, s'occupant d'une autre œuvre de charité. Elle était venue chercher une liste de personnes auxquelles elle puisse demander une contribution pour son œuvre. Ne trouvant pas de papier pour écrire les noms, ma patiente prit l'enveloppe qui était sur son bureau et la déchira en deux, sans penser à son contenu : elle voulait, en effet, garder pour elle un duplicata de la liste qu'elle allait donner à sa visiteuse. Qu'on remarque bien le caractère inoffensif de cet acte inutile.

On sait qu'un billet de cent florins ne perd rien de sa valeur, lorsqu'il est déchiré, dès l'instant où il est possible de le reconstituer avec les fragments. Or, étant donné l'importance de l'usage auquel allait servir le morceau de papier, il était certain que la dame le garderait, et il était non moins certain que, dès qu'elle se serait aperçue de son précieux contenu, elle s'empresserait de le renvoyer à sa propriétaire.

Mais quelle pensée inconsciente pouvait bien exprimer cet acte accidentel, facilité par un oubli ? La dame en visite était un partisan résolu de notre méthode de traitement. C'est elle qui avait conseillé à ma malade de s'adresser à moi et, si je ne me trompe, cette malade lui était très reconnaissante de ce conseil. Le demi-billet de cent florins représenterait-il les honoraires pour cette aimable intervention ? Ce serait bien étonnant.

Mais voici d'autres détails. La veille, une intermédiaire d'un autre genre, que ma malade avait rencontrée chez une parente, lui avait demandé si elle ne serait pas disposée à faire la connaissance d'un certain monsieur ; et, quelques heures avant l'arrivée de la dame, ma malade avait reçu une lettre dans laquelle ce même monsieur demandait sa main, ce qui l'avait beaucoup amusée.

Lorsque la dame eut préludé à la conversation, en demandant à ma malade des nouvelles de sa santé, celle-ci a pu penser : « Tu m'as bien indiqué le médecin qu'il me fallait ; mais je te serais encore plus reconnaissante, si tu pouvais m'aider à trouver le mari qu'il me faut » (et en pensant au mari, elle pensait certainement aussi à un enfant).

Partant de cette idée refoulée, elle a fondu ensemble les deux intermédiaires et a tendu à la visiteuse les honoraires que dans son imagination elle était disposée à offrir à l'autre. Ce qui rend cette explication tout à fait vraisemblable, c'est que pas plus tard que la veille au soir je l'avais entretenue des actes accidentels et symptomatiques. Elle profita de la première occasion pour produire quelque chose d'analogue.

On peut subdiviser les actes symptomatiques et accidentels très fréquents, en les classant dans diverses catégories, selon qu'ils sont habituels, se produisent généralement dans certaines conditions, ou sont isolés. Les premiers (habitude de jouer avec sa chaîne de montre, de se tirailler la barbe, etc.), qui peuvent presque servir à caractériser les personnes qui les accomplissent, se confondent avec les innombrables tics et doivent être traités avec ces derniers.

Je range dans le deuxième groupe les mouvements qu'on accomplit avec la canne qu'on a à la main, le griffonnage avec le crayon qu'on tient entre les doigts, le pétrissage de mie de pain et autres substances plastiques ; font partie du même groupe les gens qui ont l'habitude de faire sonner la monnaie qu'ils ont dans leur poche, de tirer sur leurs habits, etc. À toutes ces occupations, qui apparaissent comme des jeux, le traitement psychique découvre un sens et une signification auxquels est refusé un autre mode d'expression.

Généralement, la personne intéressée ne se doute ni de ce qu'elle fait, ni des modifications qu'elle fait subir à ses gestes habituels ; elle reste sourde et aveugle aux effets produits par ces gestes. Elle n'entend, par exemple, par le bruit qu'elle produit en faisant remuer les pièces de monnaie qu'elle a dans sa poche et elle prend un air étonné et incrédule lorsqu'on attire son attention sur ce détail.

De même, toutes les manipulations que certaines personnes, sans s'en apercevoir, infligent à leurs habits, ont une signification et méritent de retenir l'attention du médecin. Tout changement dans la mise ordinaire, toute négligence, comme, par exemple, un bouton mal ajusté, toute velléité de laisser telle ou telle partie du corps découverte – tout cela signifie quelque chose que le porteur des habits ne veut pas dire directement et dont le plus souvent il ne se doute même pas.

L'interprétation de ces petits actes accidentels, ainsi que les preuves à l'appui de cette interprétation, se dégagent chaque fois, avec une certitude suffisante, au cours de la séance, des circonstances dans lesquelles l'acte s'est produit, de la conversation qu'on vient d'avoir avec la personne, ainsi que des idées qui lui viennent à l'esprit, lorsqu'on attire son attention sur le caractère, en apparence seulement accidentel, de l'acte.

Étant donné cependant que, dans ce que je viens de dire, j'avais principalement en vue des personnes anormales, je renonce à citer à l'appui de mes affirmations des exemples confirmés par l'analyse ; mais si je mentionne toutes ces choses, c'est parce que je suis convaincu que les actes qui nous occupent possèdent chez l'homme normal la même signification que chez les anormaux.

Je citerai un seul exemple, fait pour montrer à quel point un acte symbolique, devenu une habitude, peut se rattacher à ce qu'il y a de plus intime et de plus important dans la vie.

« D'après ce que nous a enseigné le professeur Freud, le symbolisme joue dans la vie infantile de l'homme un rôle beaucoup plus important qu'on ne le croyait, d'après les expériences psychanalytiques les plus anciennes. Sous ce rapport, il n'est pas sans intérêt de rapporter l'analyse suivante, surtout à cause des perspectives médicales qu'elle laisse entrevoir.

« En installant son mobilier dans un nouvel appartement, un médecin retrouve un stéthoscope "simple" en bois. Après avoir cherché pendant un instant la place où il va le déposer, il se sent comme poussé à le placer sur son bureau, entre son propre siège et celui sur lequel il a l'habitude de faire asseoir ses malades. Cet acte était quelque peu bizarre, pour deux raisons. En premier lieu, ce médecin (qui est neurologue) se sert rarement du stéthoscope, et dans les rares cas où il a besoin de cet appareil, il se sert d'un stéthoscope double (pour les deux oreilles). En second lieu, il gardait tous ses appareils et instruments médicaux dans des tiroirs ; celui-ci s'est donc vu accorder un traitement de faveur. Quelques jours après, il ne pensait plus à la chose, lorsqu'une malade, venue en consultation et qui n'avait jamais vu un stéthoscope « simple », lui demanda ce que c'était. Ayant reçu l'explication, elle demanda encore pourquoi l'instrument était posé là et non pas ailleurs ; à quoi le médecin répondit assez vivement que cette place en valait bien une autre. Ces questions ne l'en frappèrent pas moins, et il commença à se demander Si son acte ne lui avait pas été dicté par des motifs inconscients. Familiarisé avec la méthode psychanalytique, il résolut de tirer la chose au clair.

« Il se rappela tout d'abord qu'alors qu'il était étudiant en médecine il avait un chef de service qui avait l'habitude, pendant ses visites dans les salles d'hôpital, de tenir à la main un stéthoscope simple dont il ne se servait jamais. Il admirait beaucoup ce médecin et lui était très dévoué. Plus tard, étant devenu lui-même médecin des hôpitaux, il avait pris la même habitude et se serait senti mal à l'aise Si, par mégarde, il était sorti de chez lui sans balancer l'instrument à la main. Ce qui prouvait cependant l'inutilité de cette habitude, ce n'était pas seulement le fait que le seul stéthoscope dont il se servait réellement était un stéthoscope double qu'il portait dans sa poche, mais aussi cette particularité qu'il avait conservé son habitude, après avoir été nommé dans un service de chirurgie où le stéthoscope n'était d'aucune utilité. La signification de ces observations apparaît, si nous admettons la nature phallique de cet acte symbolique.

« Un autre fait dont il retrouva le souvenir était le suivant : jeune garçon, il avait été frappé par l'habitude du médecin de famille de garder son stéthoscope simple à l'intérieur de son chapeau. Il trouvait intéressant que le médecin ait toujours eu à sa portée son principal instrument, lorsqu'il allait voir des malades, et qu'il lui ait suffi d'enlever son chapeau (c'est-à-dire une partie de ses vêtements), pour l'en retirer. Jeune enfant, il avait beaucoup de sympathie pour ce médecin ; et en s'analysant récemment, il se rappela qu'à l'âge de trois ans et demi il eut deux phantasmes au sujet de la naissance de sa plus jeune sœur premièrement, qu'elle était née de lui-même et de sa mère, deuxièmement, de lui-même et du docteur. Dans ces phantasmes, il jouait aussi bien le rôle féminin que le rôle masculin. Il se rappela ensuite avoir été, à l'âge de six ans, examiné par ce même médecin, et il se souvenait nettement de la sensation voluptueuse qu'il avait éprouvée à sentir la tête du docteur appuyée sur sa poitrine par l'intermédiaire du stéthoscope, ainsi que le va-et-vient rythmique de ses mouvements respiratoires. À l'âge de trois ans il eut une maladie chronique des bronches qui nécessita des examens répétés, dont il ne se souvient d'ailleurs pas.

« À l'âge de huit ans, il fut fortement impressionné, en entendant un de ses camarades raconter que le médecin avait l'habitude de se mettre au lit avec ses patientes. Ce récit avait un fond de vérité, car le médecin en question jouissait de la sympathie de toutes les femmes du quartier (et de sa mère aussi). L'analysé lui-même avait éprouvé plus d'une fois le désir sexuel en présence de certaines de ses patientes ; il en avait successivement aimé deux et avait fini par épouser une cliente. Il est à peu près certain que c'est son identification inconsciente avec le médecin qui le poussa à choisir la carrière médicale. Il résulte d'analyses faites sur d'autres médecins que telle est en effet la raison la plus fréquente (bien qu'il soit difficile de préciser cette fréquence) du choix de cette carrière. Dans le cas précis, il put y avoir deux moments décisifs en premier lieu, la supériorité, qui s'est manifestée dans plusieurs occasions, du médecin sur le père, dont le fils était très jaloux ; et en second lieu le fait que le médecin savait des choses défendues et avait de nombreuses occasions de satisfaction sexuelle.

« L'analysé retrouve ensuite le souvenir d'un rêve (qui a été publié ailleurs) de nature nettement homosexuelle et masochiste, dans lequel un homme, qui n'est qu'un avatar du médecin, menaçait le rêveur d'un glaive. Cela lui rappela une histoire qu'il avait lue dans le Chant des Niebelungen et où il est question d'une épée que Sigurd aurait placée entre lui et Brunhilde endormie. La même histoire figure dans la légende d'Arthur que notre homme connaît également.

« Le sens de l'acte symptomatique devient ainsi compréhensible. Le médecin avait placé son stéthoscope entre lui et ses patientes, tout comme Sigurd avait placé son épée entre lui et la femme à laquelle il ne devait pas toucher. C'était un acte de compromis qui devait servir à deux fins éveiller, en présence d'une patiente séduisante, son désir refoulé d'avoir avec elle des rapports sexuels et lui rappeler en même temps que ce désir ne pouvait être satisfait. Il s'agissait, pour ainsi dire, d'un charme contre les assauts de la tentation.

« J'ajouterai encore que le garçon a été fortement impressionné par ces vers du *Richelieu* de Lord Lytton Beneath the rule of men entirely great / The pen is mightier than the sword « qu'il est devenu un écrivain fécond et qu'il se sert d'un stylo extraordinairement grand Comme je lui demandais : « Quel besoin avez-vous d'un porte-plume pareil ? », il répondit : « J'ai tant de choses à exprimer. »

Cette analyse montre une fois de plus quelles profondeurs de la vie psychique nous révèlent les actes soi-disant inoffensifs, dépourvus de sens « et à quelle période précoce de la vie commence à se développer la tendance à la symbolisation. Je puis encore citer un cas de ma pratique psychothérapique où une main jouant avec une boule de mie de pain m'a fait des révélations intéressantes.

Mon patient était un jeune garçon à peine âgé de 13 ans, atteint depuis deux ans d'une hystérie grave et qui, après un long séjour infructueux dans un établissement hydrothérapique, m'avait été confié en vue d'un traitement psychanalytique. Il avait dû, à mon avis, se livrer à certaines expériences sexuelles et il était tourmenté, étant donné son âge, par des questions d'ordre sexuel. Je me suis cependant abstenu de lui venir en aide en lui apportant des explications, car je voulais une fois de plus éprouver la solidité de mes hypothèses. Je devais donc chercher la voie à suivre pour obtenir cette vérification. Or, un jour, je fus frappé par le fait suivant : il roulait quelque chose entre les doigts de sa main droite, plongeait la main dans sa poche où ses doigts continuaient à jouer, la retirait de nouveau, et ainsi de suite.

Je lui demandai ce qu'il avait dans la main ; pour toute réponse, il desserra ses doigts. C'était de la mie de pain, roulée en boule. À la séance suivante, il apporta un autre morceau de mie et, pendant que je conversais avec lui, il fit de cette mie, avec une rapidité extraordinaire et les yeux fermés, toutes sortes de figures qui m'ont vivement intéressé. C'étaient de petits bonshommes, semblables aux idoles préhistoriques les plus primitives, ayant une tête, deux bras, deux jambes et, entre les jambes, un appendice qui se terminait par une longue pointe.

Cette figure n'était pas plus tôt achevée que mon malade roulait de nouveau sa mie de pain en boule. À d'autres moments, il laissait son œuvre intacte, mais multipliait les appendices, afin de dissimuler le sens de celui qu'il avait formé entre les jambes.

Je voulais lui montrer que je l'avais compris, sans toutefois lui donner le prétexte d'affirmer qu'il n'avait pensé à rien en modelant ses bonshommes.

Dans cette intention, je lui demandai brusquement s'il se rappelait l'histoire de ce roi romain qui, dans son jardin, avait répondu par une pantomime à l'envoyé de son fils. Le garçon prétendit qu'il ne se la rappelait pas, bien qu'il l'eût apprise beaucoup plus récemment que moi. Il me demanda si je faisais allusion à l'histoire où la réponse avait été écrite sur le crâne rasé d'un esclave. « Non, répondis-je, cette dernière anecdote se rattache à l'histoire grecque ».

Et je lui racontai ce dont il s'agissait : le roi Tarquin le Superbe avait ordonné à son fils de s'introduire dans une cité latine ennemie ; le fils, qui avait réussi à se créer des intelligences dans la ville, envoya au roi un messager chargé de lui demander ce qu'il devait faire ensuite ; le roi ne donna aucune réponse, mais s'étant rendu dans son jardin, se fit répéter la question et abattit sans mot dire les plus grandes et les plus belles têtes de pavots.

Il ne resta au messager qu'à aller raconter à Sextus ce qu'il avait vu ; Sextus comprit et veilla à supprimer par l'assassinat les citoyens les plus notables de la ville. Pendant que je parlais, le garçon avait cessé de pétrir sa mie ; et lorsque je fus arrivé au passage racontant ce que le roi fit dans son jardin, et notamment aux mots : « abattit sans mot dire », mon malade abattit, à son tour, la tête de son bonhomme avec la rapidité d'un éclair. Il m'avait donc compris et remarqué que je le comprenais moi aussi.

Je pus commencer à l'interroger directement et lui donnai les renseignements qui l'intéressaient et au bout de peu de temps il fut guéri de sa névrose. Les actes symptomatiques, dont on trouve une variété inépuisable aussi bien chez l'homme sain que chez l'homme malade, méritent notre intérêt pour plus d'une raison. Ils fournissent au médecin des indications précieuses qui lui permettent de s'orienter au milieu de circonstances nouvelles ou encore peu connues ; elles révèlent à l'observateur profane tout ce qu'il désire savoir, et quelquefois même plus qu'il ne désire. Celui qui sait utiliser ces indications doit à l'occasion procéder comme le faisait le roi Salomon qui, d'après la légende, comprenait le langage des animaux. Un jour, je fus prié de venir examiner un jeune homme qui se trouvait chez sa mère.

La première chose qui me frappa lorsqu'il vint au-devant de moi, ce fut une grande tache blanche sur son pantalon, tache qui, à en juger par ses bords caractéristiques, devait provenir d'un blanc d'œuf. Après un bref moment d'embarras, le jeune homme s'excusa, en disant qu'étant un peu enroué il avait gobé un ouf cru dont un peu de blanc avait coulé sur son pantalon et, pour confirmer ses dires, il me montra une assiette sur laquelle il y avait encore de la coquille ouf.

La provenance de la tache suspecte semblait donc expliquée de la manière la plus naturelle. Mais lorsque la mère nous eut laissés en tête-à-tête, je le remerciai de m'avoir ainsi facilité le diagnostic et pus sans difficulté obtenir de lui l'aveu qu'il se livrait à la masturbation. – Une autre fois, j'eus à examiner une dame aussi riche que vaniteuse et sotte et qui avait l'habitude de répondre aux questions du médecin par une avalanche de plaintes incohérentes, qui rendaient le diagnostic particulièrement difficile.

En entrant, je la trouvai assise devant un petit guéridon en train de ranger en tas des florins d'argent, et en se levant elle fit tomber quelques pièces sur le parquet. Je l'aidai à les ramasser et ne tardai pas à interrompre la description de sa misère en lui demandant « Votre distingué gendre vous a-t-il donc fait perdre tant d'argent que cela ? »

Elle me répondit par un *non !* irrité, pour me raconter l'instant d'après l'état d'exaspération dans lequel la mettait la prodigalité de son gendre. Je dois ajouter que je ne l'ai plus jamais revue c'est qu'on ne se fait pas toujours des amis parmi ceux à qui l'on révèle la signification de leurs actes symptomatiques.

Le Dr J.E.G. van Emden (de La Haye) relate un autre cas d'aveu « par acte symptomatique » : « Lors de l'addition, le garçon d'un petit restaurant de Berlin prétendit que le prix d'un certain plat avait été augmenté de 10 pfennigs. Comme je lui demandais pourquoi cette augmentation ne figurait pas sur la carte, il répondit qu'il s'agissait évidemment d'une omission, mais qu'il était sûr de ce qu'il avançait.

En mettant l'argent dans sa poche, il fit tomber sur la table, juste devant moi, une pièce de dix pfennigs. « Je sais maintenant que vous m'avez trop compté. Voulez-vous que je me renseigne à la caisse ?

– Pardon, permettez… un instant… » et il disparut.

« Il va sans dire que je ne me suis pas opposé à sa retraite, et lorsqu'il revint deux minutes plus tard, en s'excusant d'avoir, par une erreur inconcevable, confondu le plat en question avec un autre, je lui ai remis les dix pfennigs en récompense de sa contribution à la psychopathologie de la vie quotidienne. »

C'est en observant les gens pendant qu'ils sont à table qu'on a l'occasion de surprendre les actes symptomatiques les plus beaux et les plus instructifs.

Voici ce que raconte le Dr Hanns Sachs :

« J'ai eu l'occasion d'assister au souper d'un couple un peu âgé auquel je suis apparenté. La femme a une maladie d'estomac et observe un régime rigoureux. Lorsqu'on apporta le rôti, le mari pria la femme, qui ne devait pas toucher à ce plat, de lui donner la moutarde. La femme ouvre le buffet, en retire un petit flacon contenant les gouttes dont elle fait usage et le dépose devant le mari.

Entre le pot de moutarde en forme de tonneau et le petit flacon à gouttes, il n'y avait évidemment aucune ressemblance susceptible d'expliquer la confusion ; et cependant la femme ne s'aperçut de son erreur que lorsque le mari eut en riant attiré son attention sur ce qu'elle avait fait. Inutile d'insister sur la signification de cet acte symptomatique. Elle saute aux yeux.

Je dois au docteur B. Dattner (de Vienne) la communication d'un précieux cas de ce genre, qui a été très habilement utilisé par l'observateur :

« Je suis en train de déjeuner au restaurant avec mon collègue de philosophie, le Dr H. Il me raconte ce qu'il y a de pénible dans la situation d'un stagiaire et ajoute à ce propos qu'avant la fin de ses études il était entré à titre de secrétaire chez le ministre plénipotentiaire du Chili.

« Puis le ministre a été remplacé, et je ne me suis pas présenté au nouveau.

« Et pendant qu'il prononce cette dernière phrase, il porte à la bouche un morceau de gâteau, mais le laisse tomber du couteau, comme par maladresse.

Je saisis aussitôt le sens caché de cet acte symptomatique et je glisse, comme en passant, à mon collègue, peu familiarisé avec la psychanalyse : « Vous avez laissé tomber là un bon morceau. » Il ne s'aperçoit pas que mes paroles peuvent se rapporter tout aussi bien à son acte symptomatique, et il répète avec une vivacité surprenante les mots que je viens de prononcer : « Oui, c'était en effet un bon morceau, celui que j'ai laissé tomber. » Et il se soulage en me racontant, sans omettre un détail, sa maladresse qui l'a privé d'une place bien payée.

« La signification de son acte symptomatique apparaît lorsqu'on songe que mon collègue devait éprouver une certaine gêne à me parler, à moi qu'il connaissait très peu, de sa situation matérielle précaire mais l'idée qu'il voulait refouler a déterminé un acte symptomatique qui a exprimé symboliquement ce qui devait rester caché et a fourni ainsi à mon interlocuteur un moyen de soulagement qui avait sa source dans l'inconscient.

Les exemples suivants montrent quelle signification peut avoir le fait d'emporter involontairement un objet appartenant à une autre personne.

1) Dr B. Dattner « Un de mes collègues fait une visite à une de ses amies d'enfance, la première visite après le mariage de celle-ci. Il me parle de ce petit événement, m'exprime à ce propos son étonnement d'avoir été obligé, contrairement à son intention, de prolonger un peu cette visite, et il me fait part en même temps d'un singulier acte manqué qu'il a commis dans cette maison.

« Le mari de l'amie, qui avait, lui aussi, pris part à la conversation, se mit, à un moment donné, à chercher une boîte d'allumettes qui (mon collègue s'en souvient fort bien) se trouvait sur la table, lorsqu'il était entré dans la pièce. On cherche partout, mon collègue fouille dans ses poches, se disant qu'après tout il a bien pu par mégarde se *l'approprier,* mais en vain. Ce n'est que longtemps après qu'il la retrouva réellement dans une poche, et à cette occasion il fut frappé par le fait que la boîte ne renfermait qu'une seule allumette.

« Deux jours plus tard, le collègue fit un rêve dans lequel la boîte figurait à titre de symbole et son amie d'enfance à titre de personnage principal, ce qui ne fit que confirmer l'explication que je lui avais donnée, à savoir qu'il avait voulu par son acte manqué (appropriation involontaire de la boîte) affirmer son droit de priorité et de possession exclusive (il n'y avait qu'une seule allumette dans la boîte). »

Dr Hanns Sachs : « Notre bonne a un faible pour un certain gâteau. C'est là un fait incontestable, car c'est le seul plat qu'elle ne rate jamais. Un dimanche, elle apporte ce gâteau, le dépose sur la crédence, enlève les assiettes du plat précédent et les range sur le plateau sur lequel elle a apporté le gâteau ; mais, au lieu de nous servir celui-ci, elle le place sur le tas d'assiettes et emporte le tout à la cuisine.

Nous avions cru tout d'abord qu'elle avait quelque chose à arranger au gâteau, mais, ne la voyant pas revenir, ma femme se décide à la rappeler et lui demande : « Betty, qu'avez-vous donc fait du gâteau ? » Il fallut lui rappeler qu'elle l'avait emporté ; elle l'avait donc chargé sur le plateau, emporté à la cuisine, déposé quelque part sur une table ou ailleurs, « sans remarquer ce qu'elle faisait ».

« Le lendemain, lorsque nous voulûmes manger ce qui restait du gâteau, ma femme constata que la bonne n'avait pas touché au morceau qui lui avait été réservé. Questionnée sur les raisons de son abstention, elle répondit, légèrement embarrassée, qu'elle n'avait pas envie d'en manger. L'attitude infantile de la jeune fille est visible dans toute cette affaire d'abord, l'avidité infantile qui ne veut partager avec personne l'objet de ses désirs ; ensuite, la réaction non moins infantile par le dépit : puisque je ne puis avoir le gâteau pour moi toute seule, je préfère n'en rien avoir ; gardez-le pour vous. »

Les actes accidentels ou symptomatiques se rattachant à la vie conjugale ont souvent la plus grande signification et peuvent inspirer la croyance aux signes prémonitoires à ceux qui ne sont pas familiarisés avec la psychologie de l'inconscient. Ce n'est pas un bon début, lorsqu'une jeune femme perd son alliance au cours du voyage de noces ; il est vrai que le plus souvent l'alliance, qui a été mise par distraction dans un endroit ou on n a pas l'habitude de la mettre, finit par être retrouvée.

Je connais une femme divorcée qui, longtemps avant le divorce, se trompait souvent, en signant de son nom de jeune fille les documents concernant l'administration de ses biens. – Un jour, me trouvant en visite chez un couple récemment marié, j'ai entendu la jeune femme me raconter en riant qu'étant allée, au retour du voyage de noces, voir sa sœur, celle-ci lui proposa de l'accompagner dans les magasins pour faire des achats, pendant que le mari irait à ses affaires.

Une fois dans la rue, elle aperçut, sur le trottoir opposé, un monsieur dont la présence dans cette rue sembla l'étonner, et elle dit à sa sœur « Regarde, on dirait que c'est M. L. » Elle avait oublié que ce M. L. était depuis plusieurs semaines son époux. Je me suis senti mal à l'aise en écoutant ce récit, mais m'abstins d'en tirer une conclusion. Je ne me suis souvenu de cette petite histoire qu'au bout de plusieurs années, lorsque ce mariage eut pris une tournure des plus malheureuses.

Aux travaux très intéressants de A. Maeder, publiés en français, j'emprunte l'observation suivante, qui d'ailleurs pourrait tout aussi bien figurer dans le chapitre sur les *Oublis :*

« Une dame nous racontait récemment qu'elle avait oublié d'essayer sa robe de mariage et s'en souvint la veille du mariage à huit heures du soir, alors que la couturière désespérait de voir sa cliente. Ce détail suffit à montrer que la fiancée ne se sentait pas très heureuse de porter une robe d'épousée, qu'elle cherchait à oublier cette idée pénible. Elle est aujourd'hui… divorcée. »

Un de mes amis, qui sait observer et interpréter les signes, m'a raconté que la grande tragédienne Eleonora Duse accomplit dans un de ses rôles un acte symptomatique qui montre bien toute la profondeur de son jeu. Il s'agit d'un drame d'adultère elle vient d'avoir une explication avec son mari et se trouve plongée dans ses pensées, tandis que le séducteur s'approche d'elle. Pendant ce bref intervalle elle joue avec l'alliance qu'elle porte au doigt elle l'enlève, la remet et l'enlève de nouveau. La voilà prête à tomber dans les bras de l'autre.

À cela se rattache ce que Th. Reik raconte au sujet d'autres actes symptomatiques portant sur l'alliance : « Nous connaissons les actes symptomatiques accomplis par des époux et qui consistent à enlever et à remettre machinalement leur alliance. Mon collègue K. a accompli toute une série d'actes symptomatiques de ce genre. Une jeune fille qu'il aimait lui fit cadeau d'une bague, en lui recommandant de ne pas la perdre, car s'il la perdait, ce serait un signe qu'il ne l'aimerait plus.

Par la suite il fut constamment obsédé par la crainte de perdre la bague. Lorsqu'il lui arrivait de l'enlever, pour se laver les mains, par exemple, il oubliait régulièrement la place où il l'avait mise et ne la retrouvait souvent qu'après de longues recherches. Lorsqu'il laissait tomber une lettre dans une boîte, il appréhendait toujours qu'un mouvement maladroit de la main contre le rebord de celle-ci ne fasse glisser la bague pour l'envoyer rejoindre la lettre au fond de la boîte.

Un jour il manœuvra si bien que l'accident tant redouté arriva réellement. C'était un jour où il expédiait une lettre de rupture à une de ses anciennes maîtresses, devant laquelle il se sentait coupable. Au moment de laisser tomber la lettre dans la boite, il fut pris du désir de revoir cette femme, désir qui entra en conflit avec son affection pour sa maîtresse actuelle. »

À propos de ces actes symptomatiques ayant pour objet la bague, l'anneau ou l'alliance, on constate une fois de plus que la psychanalyse ne découvre rien que les poètes n'aient pressenti depuis longtemps déjà.

Dans le roman de Fontane *Avant l'orage,* le conseiller de justice Turgany dit pendant un jeu de gages : « Croyez-moi, mesdames, la remise d'un gage révèle parfois les mystères les plus profonds de la nature. » Parmi les exemples qu'il cite à l'appui de son affirmation, il en est un qui mérite un intérêt particulier. « Je me souviens, dit-il, d'une femme de professeur, à l'âge de l'embonpoint, qui, chaque fois, remettait en gage son alliance qu'elle tirait du doigt. Permettez-moi de ne pas vous décrire le bonheur conjugal de cette maison. »

« Il se trouvait dans la même société, continua-t-il, un monsieur qui ne se lassait pas de déposer sur les genoux de cette dame son couteau de poche, muni de dix lames, d'un tire-bouchon et d'un briquet, jusqu'à ce que ce couteau monstre, après avoir déchiré plusieurs jupes de soie, ait disparu à travers les déchirures, à la grande indignation du public. »

Il n'est pas étonnant qu'un objet comme une bague ait une

signification aussi riche, alors même qu'aucun sens érotique ne s'y trouve attaché, c'est-à-dire alors même qu'il ne s'agit ni d'une bague de fiançailles, ni d'une alliance.

Acte manqué équivalant à un aveu

« Il y a quelques années, un homme beaucoup plus jeune que moi et partageant mes idées, a bien voulu s'associer à mes travaux et adopter à mon égard une attitude que je qualifierai comme celle d'un disciple. À une certaine occasion, je lui ai offert une bague qui a provoqué de sa part un grand nombre d'actes symptomatiques ou manqués, et cela toutes les fois où nos relations ont été troublées par un malentendu.

Tout récemment, il me fit part du fait suivant, particulièrement intéressant et transparent : sous un prétexte quelconque, il manqua l'un de nos rendez-vous hebdomadaires, au cours desquels nous avions l'habitude d'échange à loisir nos idées ; en réalité, il avait préféré rencontrer une jeune dame, avec laquelle il avait rendez-vous à la même heure. Le lendemain matin il s'aperçoit, mais longtemps après avoir quitté sa maison, qu'il a oublié de mettre sa bague.

Il ne s'en inquiète pas outre mesure, se disant qu'il l'a sans doute laissée sur sa table de nuit où il avait l'habitude de la déposer tous les soirs, et persuadé qu'il la retrouvera à son retour. Aussitôt rentré, il se met à chercher la bague, mais en vain : elle n'était pas plus sur la table de nuit qu'ailleurs. Il finit par se rappeler qu'il avait, selon une habitude remontant à plus d'une année, déposé sa bague sur la table de nuit, à côté d'un petit canif ; aussi pensa-t-il avoir mis, par distraction, la bague dans cette poche, en même temps que le canif. Il plonge donc les doigts dans la poche du gilet et y retrouve effectivement la bague.

« L'alliance dans la poche du gilet », telle est la recommandation qu'un proverbe populaire adresse au mari qui se propose de tromper sa femme. La conscience de sa faute l'a donc poussé d'abord à s'infliger un châtiment « Tu ne mérites plus de porter cette bague », et ensuite à avouer son infidélité, sous la forme d'un acte manqué qui, il est vrai, n'avait pas de témoins. Il n'est arrivé à avouer sa petite « infidélité » que par le détour (c'était d'ailleurs à prévoir) du récit qu'il en fit.

Je connais aussi un monsieur âgé ayant épousé une très jeune fille et qui, au lieu de partir tout de suite en voyage, préféra passer avec sa jeune femme la première nuit dans un hôtel de la capitale. À peine arrivé à l'hôtel, il constata avec angoisse que son portefeuille contenant la somme destinée au voyage de noces avait disparu.

Il eut encore le temps de téléphoner à son domestique, qui avait retrouvé le portefeuille dans une poche de l'habit que notre nouveau marié avait déposé chez lui en revenant de la cérémonie du mariage. Rentré en possession de son portefeuille, il put le lendemain partir en voyage avec sa jeune femme ; mais, ainsi qu'il l'avait redouté, il n'avait pas été capable de remplir pendant la nuit ses devoirs conjugaux.

Il est consolant de penser que, dans l'immense majorité des cas, les hommes, lorsqu'ils perdent quelque chose, accomplissent un acte symptomatique et qu'ainsi la perte d'un objet répond à une intention secrète de celui qui est victime de cet accident. Très souvent, la perte de l'objet témoigne seulement du peu de prix qu'on attache à celui-ci ou du peu d'estime qu'on a pour la personne de qui on le tient ; ou encore, la tendance à perdre un objet déterminé vient d'une association d'idées symbolique entre cet objet et d'autres, beaucoup plus importants, la tendance se trouvant transférée de ceux-ci à celui-là.

La perte d'objets précieux sert à exprimer les sentiments les plus variés elle peut constituer la représentation symbolique d'une idée refoulée, donc un avertissement auquel on ne prête pas volontiers l'oreille, ou bien (et avant tout) elle doit être considérée comme un sacrifice offert aux obscures puissances qui président à notre sort et dont le culte subsiste toujours parmi nous.

Voici quelques exemples à l'appui de ces propositions concernant la perte d'objets :

Dr B. Dattner « Un collègue me raconte qu'il a perdu par hasard son stylo qu'il avait depuis deux ans et auquel il tenait beaucoup, parce qu'il le trouvait très commode. L'analyse révéla la situation suivante. La veille, le collègue avait reçu de son beau-frère une lettre profondément désagréable qui se terminait ainsi » Je n'ai d'ailleurs ni le temps ni l'envie d'encourager ta légèreté et ta paresse.

L'émotion provoquée par cette lettre fut telle que le lendemain le collègue perdit son stylo, qu'il avait précisément reçu en cadeau de ce beau-frère : ce fut comme un sacrifice qu'il offrit, afin de ne rien devoir à de dernier. »

Une dame de ma connaissance ayant perdu sa vieille mère s'abstient naturellement de fréquenter les théâtres. L'anniversaire de la mort devant expirer dans quelques jours, elle se laisse entraîner par des amis à prendre un billet pour une représentation particulièrement intéressante. Arrivée devant le théâtre, elle constate qu'elle a perdu son billet. Elle croit l'avoir, par mégarde, jeté avec le billet de tramway, en descendant de voiture. Cette dame se vante précisément de n'avoir jamais rien perdu par inattention.

On peut admettre qu'une autre perte faite par elle eut également ses raisons. Arrivée dans une station thermale, elle se décide à faire une visite dans une pension de famille où elle était logée lors d'un séjour antérieur. Elle y est reçue comme une vieille connaissance, invitée à dîner, et lorsqu'elle veut payer, on ne veut rien accepter d'elle, ce qui lui déplaît quelque peu.

On lui accorde seulement la permission de laisser quelque chose à la servante, et elle ouvre sa bourse pour retirer un billet de 1 mark. Le soir, le domestique de la pension lui apporte un billet de 5 marks qu'il a trouvé sous la table et qui, d'après la maîtresse de la pension, ne peut appartenir qu'à elle. Elle l'a donc laissé tomber, pendant qu'elle cherchait dans son porte-monnaie le billet qu'elle voulait laisser en pourboire à la bonne. Il est probable qu'elle tenait quand même à payer son repas.

Dans une communication assez longue, publiée sous le titre : « La signification symptomatique de la perte d'objets », M. Otto Rank a eu recours à l'analyse de rêves pour faire ressortir le caractère de « sacrifice » inhérent à cet acte et dégager ses raisons profondes. Le plus intéressant, c'est que l'auteur montre que ce n'est pas seulement la perte d'objets qui est déterminée par des raisons cachées, mais qu'on peut souvent en dire autant de la *découverte* d'objets. L'observation suivante montre dans quel sens il faut entendre cette proposition. Il est évident que, lorsqu'il s'agit de perte, l'objet est déjà donné, tandis que dans le cas de *trouvaille* il doit encore être cherché.

Une jeune fille, encore à la charge de ses parents, veut s'acheter un bijou bon marché. Elle demande le prix de l'objet qui la tente, mais apprend, à son regret, que ce prix dépasse ses économies. Il ne lui manque que deux couronnes pour pouvoir s'offrir cette petite joie. Très triste, elle se dirige chez elle à travers les rues, très animées à cette heure-là.

Sur une des places les plus fréquentées, et bien que, d'après ses dires, elle fût profondément plongée dans ses pensées, elle aperçoit à terre un bout de papier qu'elle allait dépasser sans y prêter attention. Mais elle se ravise, se baisse pour le ramasser et constate, à son grand étonnement, que c'est un billet de deux couronnes plié.

Elle pense : « C'est un heureux hasard qui me l'envoie, pour que je puisse m'acheter le bijou », et elle se propose de rebrousser chemin pour réaliser son intention. Mais, au même moment, elle se dit qu'elle ne doit pas le faire, car l'argent trouvé porte bonheur et qu'il faut le garder.

L'analyse qui peut nous faire comprendre cet acte accidentel, se dégage toute seule de la situation donnée, sans que nous ayons besoin d'interroger la personne intéressée. Parmi les idées qui préoccupaient la jeune fille pendant qu'elle se rendait chez elle, figurait certainement, et en premier lieu, celle de sa pauvreté et de sa gêne matérielle, et nous pouvons supposer que cette idée était associée au désir de voir cette situation cesser au plus tôt.

Il est plus que probable qu'en pensant à la satisfaction de son modeste désir de posséder le bijou qui la tentait elle se demandait quel serait le moyen le plus facile de compléter la somme nécessaire, et il est tout naturel qu'elle se soit dit que la difficulté serait résolue le plus simplement du monde si elle trouvait la somme de deux couronnes qui lui manquait.

C'est ainsi que son inconscient (ou son préconscient) fut orienté vers la « trouvaille », à supposer même que, son attention étant absorbée par autre chose (elle était profondément plongée dans ses pensées), l'idée d'une pareille possibilité n'ait pas atteint sa conscience. Et même, nous rappelant d'autres cas analogues qui ont été analysés, nous pouvons affirmer que la « tendance à chercher », *inconsciente,* peut plus facilement aboutir à un résultat positif que l'attention consciemment orientée.

Autrement il serait difficile d'expliquer pourquoi ce fut justement cette personne, parmi les centaines d'autres ayant suivi le même trajet, qui fit cette trouvaille, étonnante par elle-même, et cela malgré l'obscurité du crépuscule et malgré la bousculade de la foule pressée. Pour montrer toute la force de cette tendance inconsciente ou préconsciente, il suffit de citer ce fait singulier qu'après sa première trouvaille notre jeune fille en fit une autre : elle ramassa un mouchoir dans un endroit obscur et solitaire d'une rue de faubourg.

Or, le fait d'avoir trouvé le billet de deux couronnes lui ayant procuré la satisfaction qu'elle cherchait, il est certain que le désir de trouver autre chose était devenu complètement étranger à sa conscience et ne pouvait plus, en tout cas, diriger et guider son attention. »

Il faut dire que ce sont justement les actes symptomatiques de ce genre qui nous ouvrent le meilleur accès à la connaissance de la vie psychologique intime de l'homme.

Sur le grand nombre d'actes symptomatiques isolés que je connais, j'en citerai un dont le sens profond se révèle sans qu'on ait besoin de recourir à l'analyse. Il révèle on ne peut mieux les conditions dans lesquelles ces actes se produisent, sans que la personne intéressée s'en aperçoive et il autorise, en outre, une remarque de grande importance pratique. Au cours d'un voyage de vacances, il m'arriva d'être obligé de rester plusieurs jours dans le même endroit, pour attendre l'arrivée de mon compagnon.

Je fis entre temps la connaissance d'un jeune homme qui semblait également se sentir seul et se joignit volontiers à moi. Comme nous habitions le même hôtel, il arriva tout naturellement que nous primes nos repas et fîmes des promenades ensemble. L'après-midi du troisième jour il m'annonça subitement qu'il attendait le soir même sa femme qui devait arriver par l'express.

Mon intérêt psychologique se trouva éveillé, car j'avais déjà été frappé dans la matinée par le fait qu'il avait repoussé mon projet d'une excursion plus importante et qu'au cours de notre petite promenade il avait refusé de prendre un certain chemin, parce qu'il le trouvait trop raide et dangereux. Pendant notre promenade de l'après-midi il me dit brusquement de ne pas retarder mon dîner à cause de lui, de manger sans lui, si j'avais faim, car, en ce qui le concerne, il ne dînerait pas avant l'arrivée de sa femme.

Je compris l'allusion et me mis à table, tandis qu'il se rendait à la gare. Le lendemain matin nous nous rencontrâmes dans le hall de l'hôtel. Il me présenta sa femme et ajouta « Vous allez bien déjeuner avec nous ? » J'avais quelque chose à acheter dans la rue la plus proche et promis de revenir aussitôt.

En entrant dans la salle à manger, je trouvai le couple installé, tous deux sur le même rang, devant une petite table à côté d'une fenêtre.

En face d'eux il n'y avait qu'un fauteuil, dont le dossier et le siège étaient encombrés par le lourd imperméable du mari. J'ai très bien compris le sens de cette situation, qui n'était certainement pas intentionnelle, mais d'autant plus significative. Cela voulait dire : « Ici il n'y a pas place pour toi, tu es maintenant de trop. » Le mari ne remarqua pas que j'étais resté debout devant la table, sans m'asseoir, mais sa femme le poussa du coude et lui chuchota : « Tu as encombré le fauteuil de ce monsieur. »

À propos de ce fait, et d'autres analogues, je me suis dit plus d'une fois que les actes non intentionnels de ce genre doivent nécessairement devenir une source de malentendus dans les relations humaines. Celui qui accomplit un acte pareil, sans y attacher aucune intention, ne se l'attribue pas et ne s'en estime pas responsable. Quant à celui qui est, pour ainsi dire, victime d'une telle action, qui en supporte les conséquences, il attribue à son partenaire des intentions et des pensées dont celui-ci se défend, et il prétend connaître de ses processus psychiques plus que celui-ci ne croit en avoir révélé.

L'auteur d'un acte symptomatique est on ne peut plus contrarié, lorsqu'on le met en présence des conclusions que d'autres en ont tirées ; il déclare ces conclusions fausses et sans fondement c'est qu'il n'a pas conscience de l'intention

qui a présidé à son acte. Aussi finit-il par se plaindre d'être incompris ou mal compris par les autres. Au fond, les malentendus de ce genre tiennent au fait qu'on comprend trop et trop finement.

Plus deux hommes sont « nerveux », et plus il y aura d'occasions de brouille entre eux, occasions dont chacun déclinera la responsabilité avec autant d'énergie qu'il l'attribuera à l'autre. C'est là le châtiment pour notre manque de sincérité intérieure sous le masque de l'oubli et de la méprise, en invoquant pour leur justification l'absence de mauvaise intention, les hommes expriment des sentiments et des passions dont ils feraient bien mieux d'avouer la réalité, en ce qui les concerne aussi bien qu'en ce qui concerne les autres, dès l'instant où ils ne sont pas à même de les dominer.

On peut, en effet, affirmer d'une façon générale que chacun se livre constamment à l'analyse de ses prochains, qu'il finit par connaître mieux qu'il ne se connaît lui-même. Pour se conformer au précepte, il faut commencer par l'étude de ses propres actes et omissions, apparemment accidentels.

De tous les poètes qui se sont prononcés sur les petits actes symptomatiques ou actes manquées, ou ont eu à s'en servir, il en est peu qui aient aussi bien entrevu leur nature cachée et éclairé aussi crûment les situations qu'ils provoquent que le fit Strindberg (dont le génie fut d'ailleurs aidé dans ce travail par son propre état psychique, profondément pathologique).

Le Dr Karl Weiss (de Vienne) a attiré l'attention sur le passage suivant d'un de ses ouvrages.

« Au bout d'un instant, le comte arriva en effet et s'approcha tranquillement d'Esther, comme s'il lui avait donné rendez-vous.

— Attends-tu depuis longtemps ? demanda-t-il d'une voix sourde.

— Depuis six mois, tu le sais, répondit Esther. Mais m'as-tu vue aujourd'hui ?

— Oui, tout à l'heure, dans le tramway ; et je te regardais dans les yeux, au point que je croyais te parler.

— Beaucoup de choses se sont passées depuis la dernière fois.

— Oui, et je croyais que tout était fini entre nous.

— Comment cela ?

— Tous les petits objets que j'ai reçus de toi se sont brisés et cassés, et cela d'une façon mystérieuse. Mais c'est connu depuis longtemps.

— Que dis-tu ? Je me rappelle maintenant une foule de cas que je considérais comme de simples effets du hasard. Un jour j'ai reçu de ma grand-mère un pince-nez ; c'était à l'époque où nous étions encore bonnes amies. Les verres étaient en cristal de roche taillé et m'étaient très utiles lorsque je pratiquais des autopsies ; ce pince-nez était une véritable merveille que je gardais soigneusement.

Un jour je rompis avec la vieille et elle fut en colère contre moi. Or, à la première autopsie qui suivit cette brouille, les verres tombèrent de leur monture, sans aucune cause. Je croyais qu'il s'agissait d'un accident des plus simples. Je fis donc réparer le pince-nez. Mais il continua de me refuser son service. Je l'ai fourré dans mon tiroir et ne sais plus ce qu'il est devenu.

— Bizarre ! Ce sont les objets liés aux yeux qui sont les plus sensibles. J'avais reçu d'un ami une lorgnette de théâtre ; elle était tellement bien adaptée à mes yeux que m'en servir était pour moi un véritable plaisir. Un jour, cet ami et moi sommes devenus ennemis. Tu sais, cela arrive, sans cause apparente ; l'un trouve tout à coup qu'on a tort de rester unis. Voulant me servir, pour la première fois après cet événement, de ma lorgnette, je n'arrivai pas à voir clair. Je trouvais les deux verres trop rapprochés et je voyais deux images.

Inutile de te dire qu'il n'en était rien les verres n'étaient pas plus rapprochés et l'écartement de mes yeux n'avait pas augmenté. C'était un de ces miracles qui s'accomplissent tous les jours et qu'un mauvais observateur n'aperçoit pas. L'explication ? *La force psychique de la haine est plus grande que nous ne le croyons.* À propos : la bague que tu m'as donnée a perdu sa pierre. Impossible de la réparer, impossible. Veux-tu maintenant te séparer de moi ?... »

C'est ainsi que, dans le domaine des actes symptomatiques, l'observation psychanalytique doit également accorder la priorité aux poètes. Elle ne peut que répéter ce que ceux-ci ont dit depuis longtemps.

M. Wilh. Stross attire mon attention sur le passage du célèbre roman humoristique de Lawrence Sterne : *Tristram Shandy* (Livre VI, ch. 5) :

« Et je ne suis nullement étonné que Grégoire de Nazianze, en observant les gestes brusques et agités de Julien, ait prédit qu'il deviendrait un jour renégat ; ou que saint Ambroise ait chassé son

Amanuen, à cause des mouvements inconvenants qu'il faisait avec sa tête, qu'il remuait comme un fléau à droite et à gauche ; ou que Démocrite, voyant Protagoras faire un fagot de broutilles et mettre les branches les plus minces à l'intérieur du fagot, ait conclu que Protagoras était un savant.

Il existe mille orifices invisibles, continue mon père, à travers lesquels un œil pénétrant peut voir d'un seul coup ce qui se passe dans une âme ; et j'affirme ajouta-t-il, qu'un homme sensé ne mettra pas son chapeau sur la tête en entrant dans une pièce et ne se découvrira pas en sortant, ou, s'il fait l'un ou l'autre, il laisse échapper quelque chose qui le trahit. »